幼兒全語文 階梯故事 系列

# 分享

袁妙霞 著

野人 繪

園丁文化

小狗去探望祖母，祖母送給他一籃芒果帶回家。

小貓去探望外婆，外婆送給她一籃
香蕉帶回家。

小豬去探望叔叔，叔叔送給他一籃
蘋果帶回家。

小狗說：「我只有芒果，但我也想
吃香蕉和蘋果啊！」

小貓說：「我只有香蕉，但我也想吃芒果和蘋果啊！」

小豬說：「我只有蘋果，但我也想吃芒果和香蕉啊！」

這樣，他們都可以同時吃到芒果、
香蕉和蘋果了。

# 導讀活動

**進行方法：**
1. 讀故事前，請伴讀者把故事先看一遍。
2. 引導孩子觀察圖畫，透過提問和孩子本身的生活經驗，幫助孩子猜測故事的發展和結局。
3. 利用重複句式的特點，引導孩子閱讀故事及猜測情節。如有需要，伴讀者可以給予協助。
4. 最後，請孩子把故事從頭到尾讀一遍。

**封面**
1. 圖中的動物各有什麼水果？
   他們願意把自己的水果分給朋友嗎？
2. 請把書名讀一遍。

**P2**
1. 小狗去探望祖母，祖母送給他什麼東西帶回家？
2. 祖母送小狗東西，你猜小狗會跟祖母說什麼？

**P3**
1. 圖中是小貓和她的外婆。為什麼小貓會跟外婆揮手呢？
2. 外婆送給小貓什麼東西帶回家？你猜小貓會跟外婆說什麼？

**P4**
1. 圖中是小豬和他的叔叔。為什麼叔叔站在家門前看着小豬的背影呢？
2. 叔叔送給小豬什麼東西帶回家？你猜小豬會跟叔叔說什麼？
3. 你知道有什麼水果也是紅色的嗎？

**P5**
1. 小狗在路上遇見了誰？
2. 小狗除了自己的芒果外，還想吃什麼水果呢？你是怎樣知道的？

**P6**
1. 小貓在路上遇見了誰？
2. 小貓除了自己的香蕉外，還想吃什麼水果呢？你是怎樣知道的？

**P7**
1. 小豬除了自己的蘋果外，還想吃什麼水果呢？你是怎樣知道的？
2. 小狗、小貓和小豬都想吃其他水果，你猜他們會怎樣做呢？

**P8**
1. 你猜對了嗎？為什麼他們的籃子裏都有芒果、香蕉和蘋果三種水果呢？
2. 你認為他們的做法好嗎？請說說看。

# 說多一點點

 **健康飲食**

①

不偏食，每餐應以五穀類食物為主。

②

多吃新鮮蔬菜、水果。

③

少吃高鹽分、高脂肪、高糖分的食物。

④

飲食要定時和定量。

# 字卡

玩法
❶ 把字卡全部排列出來，伴讀者讀出字詞，請孩子選出相應的字卡。
❷ 請孩子自行選出多張字卡，讀出字詞並口頭造句。

請沿虛線剪出字卡。

| | | |
|---|---|---|
| 分享 | 探望 | 祖母 |
| 送給 | 籃子 | 芒果 |
| 外婆 | 香蕉 | 叔叔 |
| 蘋果 | 只有 | 同時 |

幼兒全語文階梯故事系列
第4級（高階篇）

## 《分享》

©園丁文化

幼兒全語文階梯故事系列
第4級（高階篇）

## 《分享》

©園丁文化

幼兒全語文階梯故事系列
第4級（高階篇）

## 《分享》

©園丁文化

幼兒全語文階梯故事系列
第4級（高階篇）

## 《分享》

©園丁文化

幼兒全語文階梯故事系列
第4級（高階篇）

## 《分享》

©園丁文化

幼兒全語文階梯故事系列
第4級（高階篇）

## 《分享》

©園丁文化

幼兒全語文階梯故事系列
第4級（高階篇）

## 《分享》

©園丁文化

幼兒全語文階梯故事系列
第4級（高階篇）

## 《分享》

©園丁文化

幼兒全語文階梯故事系列
第4級（高階篇）

## 《分享》

©園丁文化

幼兒全語文階梯故事系列
第4級（高階篇）

## 《分享》

©園丁文化

幼兒全語文階梯故事系列
第4級（高階篇）

## 《分享》

©園丁文化

幼兒全語文階梯故事系列
第4級（高階篇）

## 《分享》

©園丁文化